L'ÉPONGE EN PORCELAINE

SEIZE CONFÉRENCES FANTAISISTES DE VINCENT HYSPA

IMAGES ET ORNEMENTS DE JULES DÉPAQUIT

LA SIRÈNE, 29, BOULEVARD MALESHERBES, PARIS

SE VEND
QUINZE FRANCS
NET

L'ÉPONGE
EN PORCELAINE

L'EPONGE
EN
PORCELAINE

Par VINCENT HYSPA

Illustrations
de JULES DÉPAQUIT

AUX ÉDITIONS
DE LA SIRÈNE
B^D. MALESHERBES, 29
PARIS

Ce livre est le résultat de toute une vie d'étude, de toute une existence de patientes recherches sur des objets, sur des pays, ou encore sur des animaux mal connus.

Ce livre a été écrit dans le but désintéresse d'inspirer l'amour de l'Étude et le désir de se livrer à la contemplation de la Nature ; et j'ajoute que les enfants pourront le mettre sans danger entre les mains de leurs parents lorsqu'ils voudront que ces derniers les laissent jouer tranquilles.

Le lecteur curieux se demandera peut-être quelle est l'origine du titre donné à ce volume. Je vais satisfaire sa curiosité, bien que la curiosité mérite d'être punie.

Après avoir inventé le Tabac sans Fumée qui me jeta sur la paille où je suis encore, je mis tout mon espoir dans ma dernière invention : L'Éponge en porcelaine, *qui ne réussit pas mieux et acheva ma ruine.*

Et cependant mon éponge en porcelaine avait sur l'éponge naturelle une grande supériorité.

Tous ses yeux étaient réguliers et de la même dimension, et on n'avait pas besoin de la presser pour lui faire rendre l'eau qu'elle venait d'absorber. Elle n'en gardait pas une goutte, et c'est ce qu'on lui reprochait. Elle ressemblait, paraît-il, à ces personnes que l'on entretient des sujets les plus graves et qui n'en retiennent pas un seul mot... Mais ceci ne te concerne pas, ami lecteur, et tu sais maintenant pourquoi j'ai intitulé ce livre : L'Éponge en porcelaine.

V. Hyspa.

La Baleine

LE profond Cuvier, dans son règne animal, place la baleine entre le bœuf et le vautour ; si vous le voulez bien, nous la placerons, à l'exemple des anciens, dans la mer, comme un simple poisson.

Ce mammifère vit de préférence dans les mers du nord : à l'instar du caoutchouc, il ne craint pas l'humidité, qui lui rend bien la pareille.

La baleine se tient d'habitude entre le ciel et l'eau ; elle flotte, elle hésite.

Si vous désirez avoir une idée exacte de la baleine, figurez-vous le bassin de la place Pigalle se promenant sur la mer, avec son petit jet d'eau.

La baleine est toujours très vieille, et ce n'est pas sans effroi que l'on se rend compte de la longévité que Dieu lui prête pour lui permettre d'atteindre

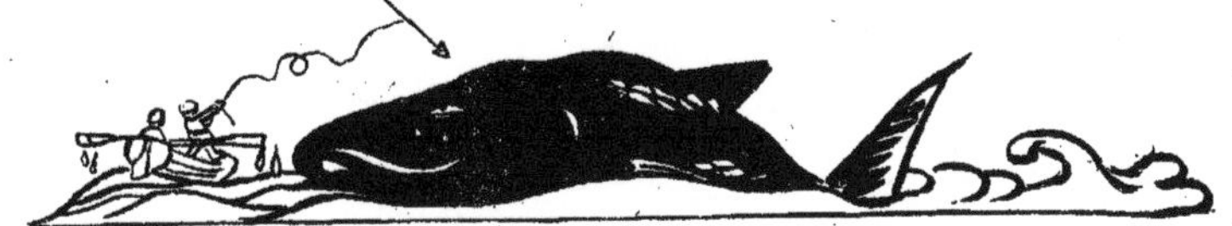

ce respectable volume d'animal presque antédiluvien, qui lui a valu le nom d'éléphant des mers. En retour l'éléphant a pris le nom de baleine terrestre.

Timide comme une gazelle, elle ne va pas dans le monde : elle reçoit chez elle.

Jonas est là pour nous le dire. S'il n'y est pas, écrivez-lui

Nous savons d'autre part que, si l'amour maternel était banni du reste de la terre, c'est chez la baleine que nous le retrouverions.

Pour amuser sa progéniture, la baleine que nous classons définitivement parmi les auteurs gais, la baleine n'hésite pas une seconde à se couvrir de ridicule . c'est ainsi qu'elle imite les vieux fumeurs en faisant passer de l'eau par ses narines, ou qu'elle court avec la rapidité d'un express qui ne prend pas de voyageurs.

Notons en passant la vitesse de cet animal, qu'en raison de son volume la plupart des naturalistes prennent encore pour un poisson lent et qu'ils comparent à nos cuirassés avec lesquels il n'a de commun que l'échouement.

D'après tout cela, nous n'étonnerons personne en affirmant que la baleine est un animal très souple, d'une souplesse qu'envient nos meilleurs diplomates. On a cru jusqu'à ce jour que les baleines portaient un corset ; c'est tout le contraire, ce sont les corsets qui portent des baleines.

C'est tout pour la baleine, et c'est assez.

A la prochaine leçon, j'aurai l'honneur de vous parler du Nez.

Le Nez

DEPUIS Alcméon de Crotone jusqu'à nos jours, messieurs, on a beaucoup parlé du nez, sans tomber d'accord sur ce sujet.

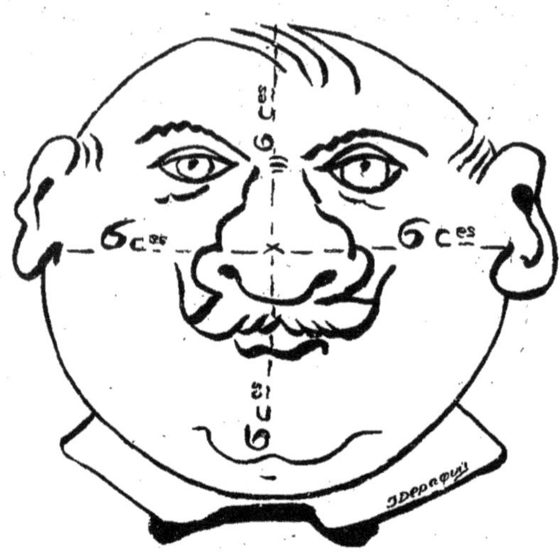

Néanmoins, d'après nos plus récentes recherches, nous pouvons affirmer d'ores et déjà, que le nez se trouve généralement au milieu du visage.

C'est là que nous irons le chercher.

Le nez affecte la forme d'un cône triangulaire percé à sa base de deux trous semblables à des cavernes, et que l'on nomme avec juste raison : fosses nasales.

Si nous descendons dans ces cavernes, nous remarquons avec plaisir un sol humide, des parois tapissées de poils et ornées de stalactites (*vulgo* morves), en somme, messieurs, un désagréable séjour.

Et c'est là, messieurs, oui c'est là que, d'après certains anatomistes ignares, le sens de l'odorat aurait établi sa résidence !

Sa résidence, peut-être, mais pas son domicile.

Le sens de l'odorat, nous sommes payés pour le savoir, le sens de l'odorat, messieurs, déménage à l'époque dite des rhumes. Où va-t-il ? On l'ignore.

Quant au rhume lui-même, c'est une grossière légende inventée par les médecins, et que, si vous le voulez bien, nous allons détruire, sans chercher midi à quatorze heures.

Redescendons, messieurs, dans les fosses nasales : nous y retrouverons, avec un nouveau plaisir, un sol humide, marécageux, en un mot : un étang, deux étangs.

Ces étangs, soumis à l'influence néfaste de la lune, nous donnent un exemple du phénomène des marées, lorsqu'à certaines époques ils transforment les fosses nasales en véritables torrents.

Ce sont ces simples inondations, messieurs, que, jusqu'à ce jour, une erreur grossière nous avait fait prendre pour le rhume.

Après cette nouvelle investigation, nous pouvons affirmer sans forfanterie que nous avons le nez creux.

C'est même grâce à cet état de choses que le vent souffle dans les bronches qu'il met ainsi en danger.

Heureux les lévriers, car ils n'ont pas de nez !

Il y aurait donc tout avantage à avoir le nez bouché.

De là à dire que le nez est inutile, il n'y a qu'un pas à faire.

Faisons-le, messieurs, et disons franchement que le nez est un organe superflu, un motif d'architecture utile seulement à l'harmonie du visage, une cariatide supportant avec grâce les arcades sourcilières, et que de ce fait il relève, non de l'anatomie, mais de la rhinoplastique.

A part son inutilité, le nez a, entre autres propriétés, celle de s'allonger, comme chez l'éléphant, et celle de rougir, comme chez le marchand de vin.

Pour le prouver, prenons un exèmple choisi au hasard entre mille.

Les jours, vous le savez, messieurs, obéissent à des lois physiques; avec un peu d'observation, on voit qu'ils s'allongent en été sous l'action de la chaleur, et qu'ils raccourcissent en hiver sous celle du froid; le nez aussi, messieurs, est soumis à ces lois,

Et la garde qui veille aux barrières du Louvre
N'en défend point nos rois.

Quand j'aurai ajouté, messieurs, que dans l'antiquité le nez fut la première trompette, qu'on l'utilise encore en province, mais sans succès, pour imiter le canard, le violoncelle, le ronflement, le phonographe ou le marchand de robinets, et que les poètes en tirent leurs meilleurs vers, je crois que nous aurons épuisé le sujet.

Dans ma prochaine leçon, j'aurai l'honneur, messieurs, de vous parler de l'Hippocampe.

L'Hippocampe

PRENEZ une tête de cheval, un thorax de lévrier et une chenille; collez le tout à froid, en ayant soin d'y ajouter quelques nageoires et vous obtiendrez ce poisson charmant qui porte le doux nom d'Hippocampe ou cheval marin.

Doté par la généreuse nature des ailes de l'amour et de la queue prenante du singe, l'Hippocampe s'avance majestueux et lent entre deux

eaux, la tête haute, le buste droit, laissant traîner sa queue comme une robe ou comme un sabre, et l'on dirait d'une dame, d'une très grande dame ou d'un officier de salon

L'Hippocampe se meut prudemment et lentement, messieurs, parce qu'il craint de se casser quelque chose ou de se décoller ; aussi passe-t-il presque toute son existence à dormir ou à rêver, tranquillement assis sur sa queue.

Pourtant, il n'en fut pas toujours ainsi, et si nous en croyons Homère, Neptune, dieu des mers, attelait jadis l'Hippocampe à son omnibus de famille. Mais les temps sont changés, et, depuis, l'Hippocampe s'est avachi; et ne pensez-vous pas, messieurs, qu'il serait bon d'attirer l'attention de la marine sur ce poisson dont elle pourrait faire un excellent remorqueur? un remorqueur à hélice, messieurs, sans chaudière et sans piston.

Mais ne nous égarons pas.

L'Hippocampe est donc un animal paisible, calme et inodore.

Il n'y a rien à dire sur ses mœurs.

Il mène la vie de famille et durant les longues soirées d'hiver, il charme ses loisirs en faisant tourner le plus vite possible les deux hélices qu'il porte sur les côtés de la tête; je sais bien que ce n'est pas très intelligent, mais que voulez-vous qu'il fasse de ses hélices? Enfin, messieurs, cela vaut mieux que d'aller au café.

Il ne faudrait pas cependant prendre ce poisson pour une buse ; l'Hippocampe, messieurs, a la ruse du serpent, et s'il échappe à la férocité des pêcheurs, c'est parce qu'il sait lire entre les lignes.

Après cela vous ne serez pas étonnés d'apprendre que l'Hippocampe se conserve très longtemps surtout à l'état fossile.

Malgré son goût très prononcé pour l'eau de mer, ce poisson a toujours la peau très sale ; on va jusqu'à dire, messieurs, que l'Hippocampe ne se lave jamais. Quelques-uns de nos ichthyologistes osent même affirmer que l'Hippocampe en use ainsi pour avoir plus chaud.

Mais une qualité qu'on ne peut enlever à l'Hippocampe, c'est la discrétion : confiez-lui un secret, il mourra sans l'avoir livré. Il est muet comme une carpe.

Sa sobriété elle-même est légendaire ; l'Hippocampe ne boit pas entre ses repas. Aussi l'a-t-on surnommé avec raison le chameau des mers.

Je terminerai, messieurs, en vous faisant remarquer que l'Hippocampe n'a rien de commun avec l'Hippopotame ou cheval de rivière.

Je n'ai plus rien à vous dire sur l'Hippocampe, ce petit poisson ne comportant pas une étude plus approfondie; je me rattraperai sur le Veau, qui fera, messieurs, l'objet de ma prochaine leçon.

Le Veau

J'AI à vous parler aujourd'hui, messieurs, de la récente découverte d'un animal inconnu et ignoré jusqu'à ce jour, mais dont le nom est déjà dans toutes les bouches, j'ai nommé le Veau

Nous inspirant de la Loi de la corrélation des formes de Cuvier, qui plus heureux que nous avait à sa disposition les fossiles, nous avons pu, néanmoins, à la suite de fouilles consciencieuses, opérées dans les bas fonds de la charcuterie et de la boucherie, nous avons pu, dis-je, découvrir pour la gloire de la science, quelques vieux débris informes et mutilés — saucisses, godiveaux, fricandeaux, pieds de veaux ! — qui, tout en nous égarant parfois dans nos recherches au point de nous amener par le plus grand

des hasards, je le reconnais, à la découverte du Cheval, de l'Ane et du Mulet, nous ont permis cependant de reconstituer le Veau tel qu'il est; le Veau, messieurs, que naguère on ne connaissait que par ses côtes, comme le melon.

Eh bien, messieurs, malgré tous ces avantages physiques, auxquels il convient d'ajouter le charme pâle de son teint, le Veau n'est pas content de son sort.

Grâces et Ris de Veau, vains mots!

Le Veau est triste, le Veau pleure

Qui nous dira les sujets de sa mélancolie? Ce n'est pas lui, messieurs.

Le veau est pourtant adoré chez beaucoup de peuples. Les Anglais, prétend-on, s'abordent avec cette formule rituelle : Comment allez vô ?

Sa mère, presque toujours d'origine espagnole, lui inculque un français si douteux qu'il n'est pas encore parvenu à se faire comprendre.

Le Veau, messieurs, est un incompris.

Il pleure.

Est-ce au souvenir de Marengo ? Redoute-t-il le retour de l'Enfant prodigue ? Ou pense-t-il amèrement à sa peau de chagrin, orgueil des reliures futures ? Mystère.

Il pleure.

Pour le calmer on le bourre de fraises et de noix (attention intéressée, car tout cela se retrouve plus tard), on lui offre de la salade, des carottes, de l'oseille et des champignons.

Mais rien ne peut le consoler, et pour mieux pleurer il s'étale sur le gazon, s'affale, s'étire, et ses maîtres disent tristement : « Le cuir ne sera pas cher, cette année. »

Le Veau est donc inconsolable et, nous ne craignons pas de le dire, le Veau est une vallée de larmes, que seul le sommeil parvient à tarir.

Et à ce sujet, ai-je besoin d'affirmer, messieurs, que le Veau dort, et toujours debout ?

Il arrive parfois que le Veau devient dégoûtant à force d'être gras; on profite de ce moment pour le tuer. On voit alors des gens (et ce n'est guère courageux), se payer sa tête — sa tête qui repose en la paix du cerfeuil, — d'autres s'arracher ses pieds, etc., etc.; puis ce qui reste continue à se piquer pendant de longs séjours à l'étalage des charcuteries, ou peut encore, au besoin, remplacer le thon à l'huile, le thon qui, vous le savez, messieurs, n'est qu'un veau qui a mal évolué.

Après sa mort, le Veau, que nous avons vu si mou de son vivant, le Veau devient agressif et vous poursuit jusque dans les buffets des gares, où il finit par tomber dans la purée des modestes repas à prix fixe.

Quelques naturalistes ont observé un certain rapport entre le Veau et la Vengeance : d'après eux, ces deux aliments se mangeraient froids.

J'ajouterai pour ma part, messieurs, qu'il ne faut pas manger de Veau, car cet animal, comme le citron, n'est jamais mûr.

Voilà, messieurs, tout ce qu'on ignorait sur le Veau, animal dont on ne peut retirer que de la peau pour chaussures.

Dans ma prochaine leçon, messieurs, je vous ferai part de mes recherches sur le lapin. Il ne faut pas qu'il soit dit que dans la série de mes cours j'ai sauté le lapin.

Le Lapin

UN Herr Professor prétendait autrefois remplacer le bœuf par le lapin. Je ne vois pas très bien le lapin attelé à la charrue.

Il est vrai qu'il ne s'agissait pour le lapin que de remplacer le bœuf en tant que bouillon.

Ce professor parlait d'élever le lapin je ne sais plus à quelle hauteur.

Etait-ce pour s'en faire un rempart ? Je ne pourrais pas vous le dire, mais il mettait le bouillon de lapin au-dessus de tout.

Mais laissons là ces questions de cuisine où nous perdrions notre lapin.

Et d'abord, qu'est-ce que le lapin ? Le lapin appartient à la grande famille des rongeurs, et c'est ainsi qu'il s'apparente d'une part aux budgétivores et de l'autre aux taxi-autos.

On ne connaît que deux espèces de lapins, bien qu'il y en ait trois.

Nous ne parlerons pas de la troisième. Nous avons donc :

1° Le lapin sauvage, le plus terrible, celui que l'homme n'affronte que le fusil à la main.

2° Le lapin domestique, ainsi nommé à cause de la douceur de ses mœurs, et non pas parce qu'il écoute aux portes.

On rencontre des lapins de toutes sortes de couleurs.

Il y en a de roux, de blancs, de noirs, de zébrés et de gris.

Il serait puéril de nier que le lapin gris est gris du matin au soir.

Il existe un lapin au pelage blanc tacheté de noir appelé lapin papillon ; ce serait une erreur de croire que ce nom lui donne la faculté de voler.

D'où vient le lapin ?

Un nommé Buffon affirme que le lapin est originaire du Nord de l'Afrique, et qu'à la suite de rudes tribulations cet animal aurait transporté ses lares en Europe parce qu'il avait assez de l'Afrique..., je ne dis pas de l'Afrique assez parce que je n'aime pas les calembours et que nous parlons sérieusement.

Bien qu'on nous parle souvent du *coup du lapin*, le lapin ne boit pas. Il ne boit pas parce qu'on ne lui donne rien à boire.

C'est une pure calomnie que de faire au lapin une réputation de coureur et de sauteur ; cet animal est au contraire très posé.

On a vu le lapin sauter, mais c'était dans la casserole.

On a vu le lapin faire un bond de trois francs cinquante à quatre francs, mais c'était à l'étalage d'un mercanti.

Il y a une chose qui est tout à fait incontestable, c'est sa réputation d'animal très chaud ; ainsi qu'on peut facilement le constater, le lapin est, de la tête à la queue, recouvert de poils mobiles.

Mais il est temps de nous résumer, car la vie n'est qu'une question d'heures.

Mammifère comme la Baleine, tétrapode comme l'Éléphant, et pourvu de poil aux pattes comme le Homard, le Lapin est au physique un drôle d'individu.

D'après quelques savants, le Lapin ressemble au Lièvre comme un frère cadet, mais c'est une opinion que je ne partage pas, et ce n'est pas par égoïsme.

J'ai vu beaucoup d'animaux, j'ai vu des éléphants, j'ai vu des lions, j'ai vu des tigres, j'ai vu Clémenceau, mais je n'ai jamais vu de Lièvres; cependant j'ai entendu parler toute ma vie du bec de lièvre. Or, le Lapin que j'ai bien observé sous toutes ses faces, le Lapin n'a pas de bec : il ne peut donc pas ressembler au Lièvre.

Avant de terminer cette étude, détruisons, une fois pour toutes, cette stupide légende du Lapin qui demande à être écorché vif... comme un contribuable. Le Lapin ne demande rien à personne. Tout ça, voyez-vous, c'est des histoires de femmes.

Dans la prochaine conférence, si vous le voulez bien, nous parlerons d'autre chose.

L'Éléphant

ON ne sait presque rien sur l'Éléphant.

Heureusement pour vous et pour moi. Cette conférence sera plus courte.

Si l'on considère que ce descendant des mammouths atteint parfois cinq mètres de hauteur, on s'aperçoit que ce qu'on sait de lui n'est pas en rapport avec son volume.

Dans un dictionnaire de l'Académie Françoise, publié en 1750 avec privilège du Roi, voici ce qu'on trouve au mot *Éléphant.*

Éléphant : La plus grande des bêtes à quatre pieds, qui a une trompe, et dont les dents principales, quand elles sont détachées de la gueule de l'animal, s'appellent *Ivoire.*

C'est énorme et insuffisant. Et puis tout cela fourmille d'erreurs. D'abord ce n'est pas l'Éléphant qui a une trompe, c'est l'automobile.

Aussi, ayant amené moi-même cet animal sous le champ du microscope, je puis affirmer que c'est un mammifère, appartenant corps et âme à l'ordre des pachydermes, ordre qui vaut bien celui des officiers d'académie; ces animaux-là (c'est des éléphants dont je parle) ont beaucoup d'ordre.

Ne compte-t-on pas l'ordre de l'Éléphant de Danemark, de l'Éléphant de Siam, etc., etc. ?

L'Éléphant a quatre pieds. C'est cette particularité qui nous a permis de le ranger avec soin parmi les quadrupèdes.

L'Éléphant, il faut le dire et nous le disons, l'Éléphant est une espèce de pacha. Oui. Ne se trouve-t-il pas à la tête de deux queues? L'une derrière tout à fait embryonnaire, et l'autre devant beaucoup plus longue, qui lui pend au nez comme un sifflet.

C'est du reste cette conformation bizarre qui fait croire à l'Éléphant qu'il marche à reculons comme une écrevisse, et c'est une idée qu'on aura bien du mal à lui faire sortir de la tête.

Il y a là évidemment une erreur ou une distraction impardonnable du grand Architecte de la Nature.

Se basant sur cette erreur, un naturaliste américain du nom de Mark Twain ose prétendre que l'Éléphant mange avec sa queue.

Ce savant n'y entend rien, ce savant est un âne.

L'Éléphant ne mange pas avec sa queue, il boit avec sa queue. Il s'en sert comme d'une paille, ou, si vous aimez mieux, comme d'un chalumeau.

Au physique, l'éléphant est un costaud, on pourrait même dire un poilu bien qu'il ait peu de poils. On ne connaît pas d'éléphants angoras.

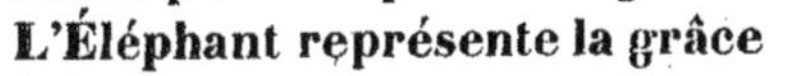

L'Éléphant représente la grâce et l'élégance.

La Nature ne l'a pas habillé chichement avec les laissés-pour-compte des grands tailleurs. Il porte des pantalons si larges et si longs qu'il a l'air de marcher dessus.

Voici ce qu'à ce sujet a dit des éléphants un poète dont j'ai oublié le nom sur ma table de nuit :

Ils ont des pantalons troublants,
A la mode qu'ils inventèrent :
L'un pour les jambes de devant,
L'autre pour celles de derrière.

Si ces pantalons sont flottants,
C'est que leurs père-z-et leurs mères,
Dans l'espoir qu'ils deviendraient grands
Très amplement les habillèrent.

Et quelle sensibilité chez cet animal! On raconte qu'un éléphant s'étant approché d'un piano se mit à pleurer abondamment : dans les touches du piano il avait reconnu les dents de sa mère.

Un autre tombant en arrêt devant un billard poussa un long barrissement; les billes du billard lui rappelaient son père.

Si les fleuves, comme a dit le poète, sont des routes qui marchent, l'éléphant, lui, est une montagne, ou disons, pour ne pas froisser sa modestie, une éminence qui marche

En somme, l'éléphant est l'être le plus considérable de ce monde.

Et à le considérer de près, on s'aperçoit qu'il est un peu encombrant et difficile à loger dans un appartement moderne.

Il y a deux sortes d'éléphants : l'éléphant gris et le blanc.

L'Éléphant gris ne diffère du blanc que par la couleur.

Quant à l'éléphant blanc, ou albinos, il ne faut pas le prendre pour l'éléphant de mer avec lequel il n'a aucun rapport ni intime, ni lointain.

Pour trouver des éléphants il faut aller les chercher où ils sont ; c'est-à-dire dans les cirques et dans les ménageries.

On en trouve aussi dans les bureaux de tabac ; ils appartiennent à une variété qui ne fume que le Nil.

On en trouve même dans les forêts, mais ils y sont beaucoup plus rares.

Leur capture est des plus faciles.

L'Éléphant, vous le savez tous, dort comme les petits oiseaux les pattes en l'air. Pendant son sommeil on dépose sur ses pattes deux ou trois brins de paille enduits de glu : au réveil l'éléphant s'agite et il se prend.

On n'a plus qu'à l'emporter.

Les Nuages

J'ABORDERAI aujourd'hui, messieurs, un sujet assez élevé, je vous parlerai des Nuages.

Gracieux ou lourds, multicolores et changeant de ton selon l'heure et selon la position qu'ils occupent (ô vils caméléons de l'opportunisme !),

monstrueux, fantastiques, et sans cesse en voie de déformation, voici venir, lents ou rapides, les nuages.

Ils ne marchent pas, ils ne volent pas, ils passent.

Bien que doués d'une nature vaporeuse, rarement ils attardent leur rêve au penchant des collines, plus rarement encore au-dessus des clo-

chers en aiguille; un faux mouvement et ils en crèveraient, et Dieu sait s'ils tiennent à leurs eaux.

Pareils à des ballons échappés du grand bazar de la Nature, les nuages passent.

Ils sont blancs.

Blancs poudrés ainsi que des pages, ils profitent de la nuit pour tenter la pâle Phébé.

Phébé les regarde de haut, tantôt de face, tantôt de trois quarts, tantôt de profil ou de quart, car elle n'est pas toujours bien lunée.

Les nuages passent en se culbutant comme des moutons.

Ils sont gris.

Plus méchants que des buveurs d'eau, crachent-ils lâchement leur mépris à la face des hommes sans défense (le parapluie est un bouclier insuffisant) ; ou, miséricordieux, laissent-ils tomber sur nous des larmes de pitié ? Mystère !

Les nuages passent comme des hordes.

Ils sont légion. Sombres, fauves, cuivrés, massés comme des bataillons, ils se bousculent à l'assaut du ciel qu'ils obscurcissent

Serait-ce un meeting? Que réclament-ils au Roi du Jour ?

De terribles éclairs passent sur le front des troupes ; grondent de

sourdes colères; des cris de révolte éclatent avec un bruit de tonnerre de Dieu.

Pleurs et grincements de vent!

Phébus, qui veille au grain, dissipe en un clin d'œil cette mutinerie, et dociles comme un peuple d'enfants, les nuages s'en vont; ils passent, ils sont passés, laissant libre le champ bleu du ciel où, ce soir, renaîtront des floraisons d'étoiles.

Si vous allez à la campagne, les paysans vous diront qu'ils se basent sur les nuages pour savoir le temps qu'il fera le lendemain.

Les nuages ne sont donc pas inutiles. Ils servent aussi à marquer de quel côté viennent les mouvements plus ou moins rapides de l'air.

Quelques savants affirment encore que les nuages sont la résidence préférée des poètes, d'où ils concluent que le poète ne craint pas l'humidité. Mais résumons-nous, car il est temps, et disons que les nuages ne sont que de vulgaires porteurs d'eau.

Le Chansonnier

LE Chansonnier qui jusqu'à ce jour avait échappé au microscope de la science et à l'analyse des psychologues, le Chansonnier, n'est, à proprement parler, qu'une espèce d'animal comme vous et moi.

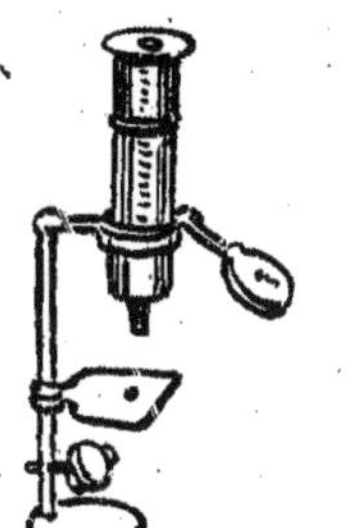

Il est presque inutile de vous dire que, depuis Orphée, depuis Homère, Tyrtée, Anacréon, etc., le Chansonnier a dû passer par de terribles évolutions pour devenir, comme l'Auvergnat et le pêcheur à la ligne, l'animal bien parisien que l'on sait.

Bipède, omnivore, aptère, rarement brachyptère, cet animal jouit cependant d'un ignoble caractère — *genus irritabile vatum !* — d'un caractère irritable, d'un tout petit caractère d'imprimerie.

Grâce aux qualités que nous venons d'énumérer, cet animal, vous le voyez, constitue déjà un assez vilain *moineau* très facile à reconnaître.

Il est presque admis aujourd'hui qu'en général le Chansonnier laisse pousser ses cheveux ; s'il n'a pas de cheveux, il laisse pousser sa barbe, et s'il n'a pas de barbe, il laisse pousser sa redingote.

D'après nos observations, nous savons qu'on ne le voit que la nuit; nous pouvons donc le classer tout de suite parmi les Nocturnes.

Mais que fait-il dans son antre, dans sa tanière? direz-vous.

Ce qu'il fait? Que voulez-vous qu'il fasse? Il compose, il décompose, c'est-à-dire qu'il s'applique à mettre en vers toutes les proses de la vie,

ou tout au moins, nous aimons à le supposer, — et c'est bien notre droit.

Telle est, à peu près, la vie diurne de ce lépidoptère que Jean de La Fontaine aurait compté parmi les animaux malades de la peste.

Sur le coup de 9 heures 9 heures et demie du soir, lorsque Montmartre a fait ample moisson de lampes électriques, le Chansonnier sort de son aire.

Tel un papillon qui aurait l'âme d'une pie, il s'abat sur les concerts et cabarets lumineux. Dans ces cabarets, nous trouvons le Chansonnier, trônant, pareil à un demi-dieu, dans la gloire des fumées (ou les fumées de la gloire, on ne sait pas bien), parmi des floraisons de bière blonde et de prunes à l'eau-de-vie, et toujours chantant comme un oiseau sur les planches.

Muni d'une voix de salon ou de salle à manger, il n'a que deux manières de chanter : *immobile*, les mains enfouies, à l'instar de la sarigue, dans des espèces de sacs, ou bien, le corps en ébullition et les bras, tristes moignons de pingouin, dans une fiévreuse agitation.

Mais ces mains en délire, pas plus que ces mains dissimulées, ne peuvent tromper le patient naturaliste, qui finit toujours par reconnaître si ce vertébré est palmé ou non, en sondant simplement sa boutonnière.

Le Chansonnier varie à l'infini : autant de plumages, autant de ramages.

Parmi les ruminants, nous voyons le Chansonnier-Buffle (oiseau-bœuf), qui mugit ses chansons en faisant plus de foin qu'il n'en rumine.

Dans la classe des Oiseaux persifleurs, on remarque le Chansonnier politique, ou Merle moqueur, espèce de Chameau qui, sous n'importe quel gouvernement, se fiche de la République.

La famille des Oiseaux chanteurs nous offre un composé de tourterelle et de rossignol : le Romancier. Il chante spécialement l'amour, les fleurs et les oiseaux, mais rien que les petits oiseaux.

Il y aurait encore à citer une légion de Chansonniers, qui, quoique variés, ont été classés dans le genre ennuyeux. Ces oiseaux de mauvais augure attendent, d'après les uns, leur esprit qui court les rues ; d'après les autres, ils le gardent afin de pouvoir le rendre à Dieu.

Signe particulier : chaque Chansonnier, à quelque genre qu'il appartienne, est toujours celui qui a le plus de talent.

Cette classification nous paraît suffisamment démontrer que le Chansonnier est un animal tout simplement hybride et que la Butte est son habitat naturel.

De même que le Requin a besoin d'un pilote pour se guider à travers les eaux, de même le Chansonnier est toujours accompagné dans les airs, par ce monstre : le Piano

Le Piano montre toujours les dents comme une jolie femme. Reçoit-il le moindre coup de poing sur la gueule qu'il se lamente comme si on lui avait marché sur la queue.

La Suisse

LA Suisse, *mesdames et messieurs, est un pays perdu au milieu des* montagnes

Il n'est pas, disons-le bien haut pour que tout le monde l'entende, il n'est pas de pays plus borné à ses quatre points cardinaux.

On y rencontre néanmoins des chamois, des vaches, des coucous et des touristes ; et je ne vous le cacherai pas plus longtemps, puisque l'occasion se présente, les touristes ne sont pas, comme on le croit généralement, des gens passant leur vie au fond des tours, mais des êtres atteints de la folie des cimes et que nous désignerons plus clairement sous le nom d'acrotétomanes de *akrotès, ètos, è* (cime), et de *mania, as, è* (folie, frénésie).

On y rencontre encore des edelweiss, petites fleurs en coton fabriquées en Allemagne.

On y rencontre aussi des Suisses.

D'après J.-J. Rousseau « le Suisse naturellement froid, paisible et simple, mais violent et emporté dans la colère, boit du laitage et du vin »

L'auteur du *Contrat social* ne nous dit pas si le Suisse mange Mais, nous le savons tous, le Suisse boit déjà tout seul dès l'âge le plus tendre; la boisson constitue donc toute sa nourriture

Si nous nous en rapportons à la locution proverbiale : « Pas d'argent, pas de Suisse », le Suisse doit être un homme d'argent.

Mais n'insistons pas, et rappelons qu'au dix-septième siècle la Suisse vint recruter en France ses habitants, sans doute pour améliorer la race Ce fait est du reste confirmé par ce vers de l'immortel Racine :

On m'avait fait venir d'Amiens pour être Suisse.

Résumons-nous donc une fois pour toutes.

La Suisse est un pays encombrant, car de tous côtés il gêne la vue.

La Suisse est un pays plat ; oui, plat, puisqu'il manque de pittoresque et de variété, et n'offre à nos regards que des neiges et des chalets dont nous ne sentons point la nécessité.

Dans ces tristes régions les fleuves eux-mêmes ne veulent pas séjourner, et c'est à pas de géant qu'ils fuient ces rives désolées.

Le Rhin — pour ne citer que celui-là — le Rhin court, bondit de rochers en rochers, et n'hésite pas une seconde à se précipiter dans des gouffres béants, au risque de se briser dans ses chutes, afin de quitter au plus vite un pays où des sociétés de pédicures viennent, en jouant du cor, aggraver la désolation des solitudes.

Maintenant parlons un peu du pays.

La Suisse est formée par d'énormes tas de neige, que l'incurie des habitants et les négligences de la voirie ont laissé depuis des années s'accumuler sur certains points jusqu'à 4.412 m. 55 de hauteur. C'est une honte ? On peut s'en rendre compte *de visu* et mètre en main devant le fameux Finster-Aar-Horn

Ptolémée et Strabon, nos premiers maîtres en géographie, placent en Suisse le berceau de ce *système alpique* où viennent se rattacher toutes les chaînes des Alpes; chaînes au bout desquelles le voyageur est toujours étonné de ne pas trouver la moindre montre en nickel. Chose étrange, en effet, dans un pays si riche en mines d'or, d'argent, de fer, etc., et où toutes les forces physiques et intellectuelles des indigènes s'appliquent à la fabrication des montres, des fromages et autres objets de précision, marchant avec une régularité d'une ponctualité dignes d'horloges.

Un de nos plus éminents géographes contemporains, Maurice Donnay, nous fait judicieusement remarquer que la Suisse couvre, il est vrai, une petite superficie, mais qu'elle se rattrape sur la hauteur; j'ajouterai à mon tour qu'elle se rattrape aussi sur la profondeur, et que, s'il était permis de développer ce pays sur une surface plane, il sortirait des bornes terrestres. Ce serait terrible !

Quoi qu'on en ait dit, les montagnes de la Suisse ne sont pas à la hauteur.

Qu'est-ce donc, je vous prie, que ce petit blanc-bec de Finster-Aar-Horn comparé à la moindre cime de l'Himalaya ? de l'Himalaya qui s'impose à notre admiration par la noblesse de ses altitudes, de l'Himalaya où l'on voit Son Éminence le Chamalori atteindre, sans se hisser et sans effort, la bagatelle de 9.000 mètres et pas un pouce de moins ?

Je ne vous parlerai pas de ces flaques d'eau auxquelles on a donné le nom de lacs.

La Suisse m'apparaît en somme comme un pays inutile et dangereux,

un mal blanc qu'il faut à tout prix rayer de la carte d'Europe.

La Suisse doit fatalement disparaître de l'horizon terrestre, car elle est à la merci de la moindre canicule.

Comme le marron glacé, elle n'a qu'un ennemi : le dégel.

Peut-être encore, ce pays s'écroulera-t-il un jour sous le poids des neiges pour ne laisser à sa place qu'une plaie béante dont les lèvres se refermeront sur ce qui fut la Suisse.

Ainsi la Suisse aura vécu et nous pourrons tout à notre aise contempler l'Italie, le beau ciel d'Italie, enfumé par le Vésuve.

Ainsi l'Alpe homicide aura payé sa dette à la société.

Mais une fin plus terrible attend la Suisse. La Suisse disparaît petit à petit, elle s'émiette sans qu'on s'en doute ; — elle est rongée par les rats, et son effondrement n'est plus qu'une question d'heures.

Ajoutons encore un mot, si vous le voulez bien. La Suisse, j'ai oublié de vous l'apprendre, est un pays flottant.

Je ne dis pas cela à cause de ses vaillantes populations maritimes, non. Comme vous l'avez probablement remarqué, la Suisse est représentée sous les traits d'une majestueuse personne tantôt assise, tantôt debout : cela signifie bien que la Suisse ne peut pas tenir en place.

Puisqu'elle ne se plaît ni assise, ni debout, qu'elle se couche donc et qu'on n'en parle plus.

Je n'en parlerai plus.

Le Pantalon

NOUS ne nous perdrons pas, messieurs, dans la recherche des origines du Pantalon.

Contentons-nous de dire en passant que notre père Adam, traité par l'Éternel comme le premier venu (car Dieu l'abandonna sur la terre sans ressources), dut recourir à la feuille de vigne qui est en somme la plus simple expression du Pantalon

Cet objet de toilette, quel que soit le tissu avec lequel il est bâti, affecte la forme de pincettes dont l'âme est destinée à dissimuler le caleçon ridicule où nous enfermons avec tant de soins les jambes, le ventre et autres parties du corps.

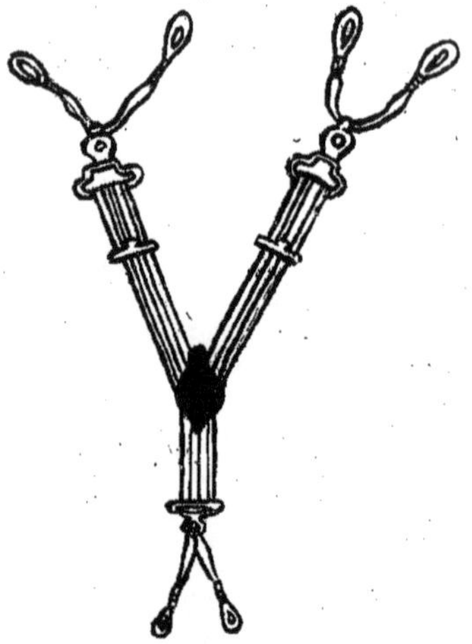

Nous pouvons donc affirmer sans crainte que le Pantalon n'est qu'une culotte qui a grandi; car si nous regardons attentivement autour de nous, que voyons-nous, messieurs ? Des gens porter des pantalons si longs qu'ils leur tombent jusqu'aux talons.

Les bords supérieurs du Pantalon sont généralement fleuris d'un véritable troupeau de boutons.

A ces boutons vient parfois s'appliquer une sorte de harnachement — redresseur de torses, paraît-il — décoré du nom pompeux et collectif de bretelle, et grâce auquel les Pantalons prennent des attitudes de brancards.

Mais revenons à nos boutons.

Ces boutons, car rien ne vit ici-bas, finissent toujours par tomber, mais sans être arrivés à l'éclosion.

Bien qu'il soit depuis longtemps laïque et obligatoire, le Pantalon n'en est pas moins soumis aux caprices de la mode.

Tantôt il s'évase à partir du genou, en forme d'entonnoir, et vous donne à la marche des ailes au talon; tantôt il tombe serré sur le cou-de-

pied qu'il étrangle; d'autres fois on le voit suivre fidèlement vos formes, tel un chien.

Une simple et courte anecdote vous prouvera surabondamment ce que j'avance.

Il y a trente ans à peine, messieurs, le Pantalon que je porte était presque neuf et m'attirait bon nombre de compliments : « Comme il vous va bien, » disaient les uns; « c'est que vous êtes bien fait, » corrigeaient les autres. Aujourd'hui qu'il est fripé avec d'horribles bosses à la place des genoux, je n'ose pas dire que c'est moi qui l'ai déformé.

Vous le voyez, messieurs, l'Harmonie du Pantalon est une chose bien éphémère

On a dit à tort que le pantalon n'avait pas d'opinion politique. Quelle erreur ! Le Pantalon est révolutionnaire avec les sans-culottes, patriotique avec le Pantalon garance, conservateur avec la culotte de peau.

Au jeu, on dit du ponte malheureux qui perd jusqu'à sa chemise qu'il prend une culotte.

Messieurs, on voit de par le monde des Pantalons de toutes nuances et de toutes qualités. Les gens calmes portent le Pantalon uni comme un lac; le Pantalon à carreaux semble l'apanage des vitriers; les personnes pressées adoptent généralement le Pantalon rayé : il porte plus loin et plus vite

Enfin, messieurs, n'oubliez pas ceci : dans le Pantalon c'est toujours le fond qui manque le plus

Dans la prochaine leçon, messieurs, j'aurai l'honneur d'aborder poliment certaine question d'un ordre plus élevé.

Le Chapeau

C'EST avec une profonde et bien excusable émotion, vous le comprenez, messieurs, que je viens ici du haut de cette chaire, agiter une question dont le retentissement ira jusqu'à la Sorbonne, une question qui a déjà occupé tant de cerveaux : la question du chapeau.

Après Aristote, la tâche me semble lourde de traiter cette question capitale ; aussi n'en parlerai-je que pour la forme.

Sans remonter, messieurs, au chaperon mérovingien et au chapel des trouvères, rappelons que l'usage du chapeau, en France, date de Charles VI et que les Grecs connurent cette coiffure sous le nom de *pileus* ou *petaseos* ailé.

Poser ainsi la question des origines du chapeau, c'est la résoudre ; et il faudrait avoir le bonnet bien loin de la tête pour affirmer le contraire.

Cette question résolue, et pour éviter toute discussion politique, laissons de côté la coiffure militaire et ecclésiastique et occupons-nous de la coiffure civile.

On divise les chapeaux en chapeaux de soie, de feutre, de cuir bouilli et de paille ; à cette dernière catégorie appartient le Panama dit couvre-chef de l'État.

Le chapeau de soie est fabriqué généralement avec du poil de lapin et c'est bien naturel. Le chapeau en paille humide des cachots est un luxe de mercanti.

Mais quelle que soit la composition du chapeau, retenez bien ceci, messieurs, le chapeau (cette invention des chauves) affecte invariablement des formes très diverses et très variées, formes qui font plus ou moins bonne figure sur celle de son détenteur.

Voyons donc ces formes :

Nous avons d'abord le chapeau haut de forme dit cylindre, ou tube, ou encore tuyau de poêle, lorqu'il est le digne couronnement de quelque fourneau.

Vient ensuite le chapeau mou, chapeau protéiforme, qui dénote chez

son porteur la plus sombre des énergies.

Enfin nous avons le chapeau melon que portent les ruraux aux jours de foire.

Si la couronne est le chapeau des rois, le chapeau est la couronne des représentants du peuple.

Pour terminer je vais vous dire en quelques mots comment se porte le chapeau.

Le chapeau se porte d'abord sur la tête, puis sur le front, sur la nuque, sur l'oreille, tantôt d'un côté, tantôt de l'autre, le plus souvent de l'autre; il se porte aussi cabossé.

Un poing. C'est tout.

Le Porte-allumettes

LE porte-allumettes, dit pyrogène, du grec *Pur* (feu), *gennaô* (j'engendre), comme nous l'apprend mon éminent confrère, M. Henri Gervais, dans son traité sur l'*Incorporation des liquides*, le porte-allumettes dit pyrogène est, d'après l'expression de quelques poètes, un calice orné de pistils rouges à tête jaune, mais pour ceux à qui le parfum des proses est doux, c'est un modeste tronc de cône en faïence, presque toujours aussi vide que le tronc pour les pauvres, et généralement dépourvu de pistils ou allumettes.

Ceci nous prouve donc surabondamment que nous nous trouvons en

présence d'un corps composé, et, ajoutons-le sans crainte, composé de toutes pièces

Bien qu'il soit bâti à chaux et à sable, le pyrogène, comme le chocolat, la poudre, le vin et le tabac, craint la chaleur et l'humidité.

Le pyrogène, qui emprunte on ne sait à qui la forme d'une lanterne vénitienne pétrifiée et repliée sur elle-même, est condamné, par sa structure, à l'inactivité la plus absolue, car il a, malheureusement pour lui, les côtes en rond.

Grâce à son caractère débonnaire on ne lui connaît d'autre ennemi que le fumeur.

Son usage remonte à la plus haute antiquité.

D'après Hésiode et Eschyle, c'est dans la Mythologie grecque, et non ailleurs, qu'il faut aller chercher les origines du pyrogène. Allons-y.

Un nommé Prométhée, Titan d'origine, déroba le secret du feu aux dieux de l'Olympe et le révéla aux hommes.

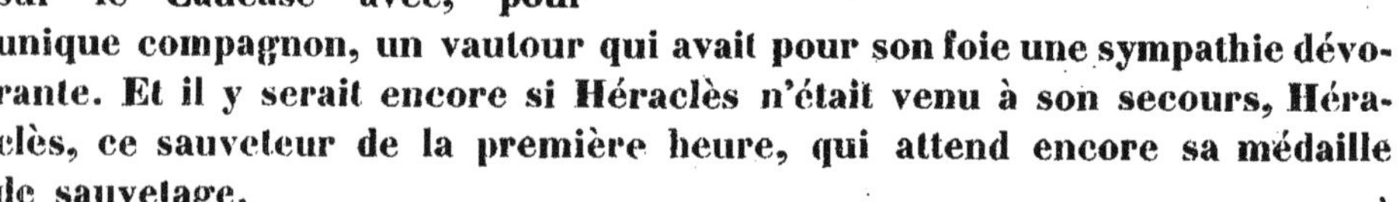

La légende ne rapporte pas si, avec le feu, Prométhée leur apporta le tabac.

Poursuivi pour vol et condamné par Jupiter, maître des dieux et des hommes, il resta pendant trente ans enchaîné sur le Caucase avec, pour unique compagnon, un vautour qui avait pour son foie une sympathie dévorante. Et il y serait encore si Héraclès n'était venu à son secours, Héraclès, ce sauveteur de la première heure, qui attend encore sa médaille de sauvetage.

C'est ce même Prométhée qui, plus tard, avait coutume de dire : « Il ne faut pas jouer avec le feu ». Mais, en prononçant ces paroles, il ne faisait, croyons-nous, aucune allusion aux allumettes préparées avec tant de soin par les manufactures de l'État

Puisque vous êtes bien sages et bien attentifs, nous terminerons cette leçon par une expérience; je vais vous montrer un pyrogène et la manière de s'en servir.

Voici, mesdames et messieurs, voici un pyrogène ordinaire, garni d'allumettes. Les allumettes, vous l'ai-je dit? sont de petites branches de bois ou bûchettes trempées dans une préparation chimique qui leur permet de s'enflammer par un simple frottement sur le corps du pyrogène. Si ce procédé délicat ne donne aucun résultat, on enflamme l'allumette en l'approchant simplement du feu, ou d'un corps en ignition; il est même préférable de commencer par là.

Je prends donc une de ces allumettes et j'en caresse doucement les côtes du pyrogène de haut en bas, et ce geste laisse sur son corps une trace rose, comme du sang qui affluerait sous sa peau blanche. Je recommence l'expérience en frottant plus fort: ça le chatouille et il rit en imitant le bruit d'une rafle de foire. Je lui chatouille encore les côtes avec mon allumette et, pfft! ô merveille! une étincelle jaillit... mais ce n'est pas lui qui s'enflamme.

La vie, mesdames et messieurs, ne nous offre-t-elle pas souvent de tels exemples?.. Mais là n'est pas la question. La question est ailleurs. Qu'elle y reste!

La Vache enragée

NOTRE éminent collaborateur et maître, Emile Goudeau, vous a si éloquemment parlé de la Vache enragée, que nous croyons inutile de nous appesantir sur ce sujet. Nous nous contenterons de l'effleurer avec la légèreté d'une libellule qui ne pèserait pas plus de 65 kilos.

Le 1er décembre 1897, par un froid délicieux qui faisait descendre jusque dans les caves le mercure des thermomètres, après nous être muni préalablement d'une lanterne d'une surdité incurable, nous nous sommes avancé avec des ruses d'Apache dans la nuit des Temps où se perdent, d'après Pline, les origines de la Vache enragée.

Au bout de quelques heures de marche, nous avons été assez heureux, messieurs, pour constater qu'il nous était impossible de relever aucune trace du passage de cet animal.

Cette importante découverte nous amenant à supposer que cette bête ne pouvait appartenir qu'à l'ornithologie ou à l'ichthyologie, nous avons donc fouillé le ciel et l'eau.

Ici et là, messieurs, mêmes déboires. Chimère et ptéropodie !

Que faire ?

Il ne nous restait plus qu'à interroger le Midi, car nous pensions, non sans quelque raison, que la Bête du Gévaudan et la Vache enragée pouvaient être le même animal. C'est alors, messieurs, que, prenant notre courage à deux mains, nous sommes allé jusqu'à Mende par un express de l'Orléans — par un express : Quelle promptitude! De l'Orléans : Quelle Compagnie ! Jusqu'à Mende : Quel séjour !

Mais le Midi, messieurs, n'a pas daigné nous répondre.

Le Midi n'a pas bougé.

Mythes! la Bête du Gévaudan et la Vache enragée ! Légendes! les Hydres de Lerne et de Normandie ! Symboles ! Tristes symboles !

Il est des choses si tristes, messieurs, si tristes qu'on ne peut les dire, si tristes qu'on est obligé de les chanter, tel est le cas de la Vache enragée.

Si vous le voulez bien, messieurs, nous chanterons ce terrible animal sur l'air de : *Son camarad' fait la mêm' chos' que lui*, ce qui vous donnera une idée presque inexacte de cet animal symbolique.

Attention, messieurs, je commence.

Pour s'caler les joues, quand on n'a plus d'briques,
Je sais un moyen pas cher et pratique,
— Je n'assur'rai pas qu'il fasse engraisser,
Administrez-vous d'la Vache enragé'.

Ça n'est pas qu'ça s'mang', messieurs, ça s'dévore,
Car cet animal se défend encore ;
La Vache enragé' c'est dur à mâcher,
Mais c'est encor plus dur à digérer.

D'la vache enragé', par ces temps de viscère,
On en trouv' partout, sauf chez la tripière ;
Et bien qu'on n'ait pas le choix du morceau,
On est toujours sûr d'y trouver d'la peau.

La Vache enragé', quoique symbolique,
Généralement vous flanqu' la colique ;
Quand on en bouff' trop, on peut en crever :
Ça prouv' qui n'faut pas vivre pour manger.

Voilà, messieurs, tout ce que nous savons sur cet animal légendaire : c'est peu de chose, mais c'est triste.

Dans la prochaine leçon, nous agiterons, messieurs, des questions plus palpables et moins chimériques.

Le Poisson

LE poisson, à part quelques exceptions, est un animal aquatique.

Cependant, sa conformation ne semble pas le désigner spécialement pour vivre dans l'eau: le poisson n'est pas bâti pour nager.

Privé de bras et de jambes, il lui est impossible de se gratter, et, à plus forte raison, d'accomplir les gestes inhérents à l'exercice de la natation.

Il est inapte.

C'est clair et indéniable.

Mais, de même qu'un ministre, quel qu'il soit, s'adapte toujours à sa fonction quelle qu'elle soit, de même le poisson, s'est adapté à son milieu.

Avec une volonté de fer, avec cette sombre énergie qui puise ses forces dans le désespoir, le poisson, quand il s'est vu dans l'eau, s'est accroché à toutes ses branchies comme à une planche de salut : il a fait entrer l'eau dans les dites branchies, et l'eau est ressortie par ses ouïes. Devançant de la sorte l'expérience bien connue du *Chariot hydraulique*, le poisson est arrivé à se maintenir et à se mouvoir dans l'eau Il a évité en même temps de se noyer ; car ce n'est pas avec ces moignons nommés nageoires qu'il aurait pu se tirer d'affaire.

Quoi qu'il en soit, cet animal est totalement dépourvu d'élégance.

Il a une tête en lame de rasoir — sans doute pour mieux fendre l'eau — mais en revanche, il n'a pas de cou. Sa tête est enfoncée dans ses épaules. Quant au reste de son corps, il va toujours en diminuant et finit piteusement... en queue de poisson.

Le poisson a un goût prononcé pour les costumes de carnaval. On en voit fréquemment en maître d'hôtel; d'autres, en matelote.

On ne connaît que trois espèces de poissons : les gros, les moyens et les petits.

Les gros et les moyens mangent les petits; les gros ont tort. Seuls les moyens ont une excuse : la faim, vous le savez, justifie les moyens.

Le poisson en captivité est d'un commerce plus agréable que n'importe quel oiseau

D'abord, il ne peut pas s'envoler, et puis.. il ne chante pas.

C'est le personnage muet par excellence, bien que la nature l'ait doté d'un œil de perroquet.

Il est muet, parce qu'il ne peut pas parler... mais oui, parce qu'il ne peut pas parler dans l'eau sous peine d'asphyxie. Personne ne peut parler dans l'eau.

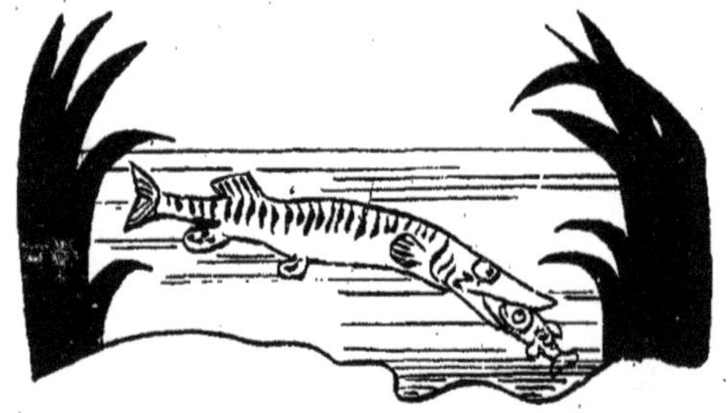

En général, et même en particulier, le poisson vit, en toute saison, dans les lacs, dans les rivières, dans les étangs, dans les mers et dans les bocaux... La mer semble être sa résidence préférée...

A propos de la mer, on me pose depuis vingt ans la même question. C'est trop! « Comment, me demande-t-on, comment la mer, où les fleuves se déversent continuellement, ne déborde-t-elle pas ? »

C'est très simple :

1° Le sable formant le fond de la mer absorbe une partie de cette eau;

2° Il y a les éponges;

3° Les poissons

Les poissons en boivent une énorme quantité; ils en boivent d'autant plus que l'eau de la mer étant très salée, ils sont toujours altérés.

La fête des poissons se célèbre le premier avril.

C'est tout pour les poissons et pour aujourd'hui.

L'Eponge

L'ÉPONGE, n'est pas autre chose qu'une sorte de gruyère poreux affectant — bien malgré lui — la forme d'un gros champignon.

Peu nous importe que quelques naturalistes du XVIe siècle se soient occupés de savoir si l'Éponge appartient au règne animal ou au règne végétal. Rangeons-nous plutôt à l'opinion de ceux qui font de l'Éponge le point de bifurcation des deux règnes, et ajoutons, ainsi que nos recherches nous permettent de l'affirmer, que l'Éponge est un animal qui végète.

Née dans les bas-fonds de la mer où elle passe une partie de son existence, attachée, tel un rond de cuir, à son banc, l'Éponge, semble, par

sa conformation et son mutisme, prédestinée à la police secrète des populations louches et écailleuses parmi lesquelles elle respire. C'est donc à juste titre qu'elle a reçu celui d'Argus des mers.

Pour toute nourriture, l'Éponge n'a que la mer à boire, mais elle la boit.

Elle la boit de tous ses yeux, de ses yeux plus gros que son ventre, et elle aurait vite fait de transformer les océans en Saharas (car le sel de la mer altère), si l'homme ne veillait pas. Mais l'homme veille; et, bien qu'il ait perdu le Nord que Nanssen s'est flatté de lui rapporter, l'homme n'a pas perdu la carte ; il arrive toujours à temps pour arracher à son rocher l'Éponge redoutable qu'il envoie dans cet autre monde, la Terre.

Tout ceci nous prouve donc, encore une fois, que l'Éponge est tout bonnement un animal amphibie, et qu'elle est, comme la houille, de basse extraction.

Une fois sur la terre, l'Éponge, riche de ses seuls yeux tranquilles, mais aussi bec salé qu'avant, l'Éponge recommence à boire comme un trou; et c'est ce qui nous explique pourquoi elle est généralement ronde ou, pour être poli, sphéroïdale.

Quelques botanistes, dans le but de discréditer l'Éponge, la prétendent hydrophile.

Pour nous, qui avons déjà constaté chez l'Eponge quelques cas d'hydrophobie, nous croyons pouvoir affirmer que, mise en rapport avec n'importe quel liquide, l'Éponge l'absorbe, le lèche, le liche jusqu'à la dernière goutte, comme si elle avait ingurgité du poivre.

Notons encore une des grandes qualités de l'Éponge : pour peu qu'on la presse, elle rend tout ce qu'elle a pris.

Quelques naturalistes ont voulu voir là de l'honnêteté, d'autres un raffinement romain. Vous le voyez, il y a toujours deux écoles.

Nous finirons par une remarque générale, — c'est que l'Éponge boit dans toutes sortes de récipients, mais de préférence dans les cuvettes, d'où son nom si connu d'intrépide vide-cuvettes.

JUSTIFICATION DU TIRAGE

Ce volume a été achevé d'imprimer le premier décembre 1921 sur les presses de l'imprimerie Diéval. Le tirage à part comprend soixante-quinze exemplaires sur vélin pur fil Lafuma, numérotés de 1 à 75.

www.ingramcontent.com/pod-product-compliance
Ingram Content Group UK Ltd.
Pitfield, Milton Keynes, MK11 3LW, UK
UKHW022127260726
13993UKWH00003B/1272